我们脱贫啦

（乡助篇）

◎苏志付 / 巫碧燕 ——著

广西美术出版社

图书在版编目（CIP）数据

我们脱贫啦. 乡助篇 / 苏志付, 巫碧燕著. -- 南宁: 广西美术出版社, 2021.1（2021.7重印）

ISBN 978-7-5494-2322-4

Ⅰ. ①我… Ⅱ. ①苏… ②巫… Ⅲ. ①纪实文学 - 中国 - 当代 Ⅳ. ①I25

中国版本图书馆CIP数据核字(2021)第006482号

我们脱贫啦（乡助篇）

WOMEN TUOPIN LA XIANGZHU PIAN

总 策 划：宋震寰　张艺兵

著　　者：苏志付　巫碧燕

图书策划：杨　勇　潘海清

责任编辑：潘海清　黄雪婷　吴谦诚

装帧设计：石绍康　陈　欢

内文排版：吴谦诚

校　　对：张瑞瑶　韦晴媛　李桂云

审　　读：陈小英

责任监印：莫明杰　黄庆云

出 版 人：陈　明

终　　审：杨　勇

出版发行：广西美术出版社有限公司

地　　址：南宁市望园路9号

邮　　编：530023

制　　版：广西朗博文化发展有限公司

印　　刷：北京楠萍印刷有限公司

版　　次：2021年1月第1版

印　　次：2021年7月第1版第4次印刷

开　　本：787 mm×1092 mm　1/16

印　　张：6.5

字　　数：50千字

书　　号：ISBN 978-7-5494-2322-4

定　　价：36.00元

此书记录着
第一书记镜头中的定坡村变迁

"定坡"，在壮语中意为"山脚"，她道出了一个村庄安居山脚的梦。定坡村易地扶贫搬迁安置点，占地约163.34亩，安置贫困户约 215 户，她让世代山居的定坡村村民美梦成真。

鸟瞰易地扶贫安置点。
2020-07-13

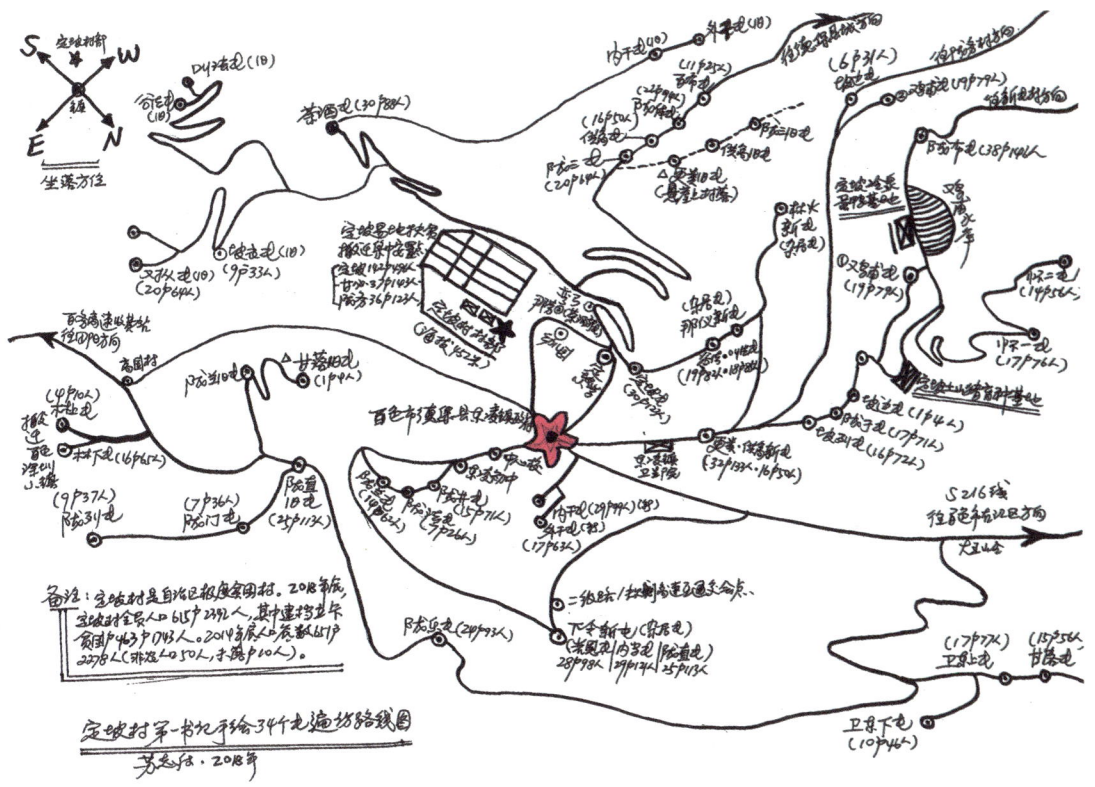

定坡村第一书记手绘34个屯遍访路线图
芳志红·2018年

编写说明

2020年3月6日，中共中央总书记习近平在决战决胜脱贫攻坚座谈会上讲话："到2020年现行标准下的农村贫困人口全部脱贫，是党中央向全国人民作出的郑重承诺，必须如期实现，没有任何退路和弹性。"

一滴水可以折射太阳的光辉，一个村可以映照国家的历史。广西壮族自治区百色市德保县东凌镇定坡村，地处西南边陲，瑶壮混居，是广西100个极度贫困村之一，是脱贫攻坚的样本。本书致力于记录定坡村的脱贫攻坚进程，记录这项对中华民族、对人类都意义重大的伟业。

本书主创、定坡村驻村第一书记苏志付，自2018年3月任期之始，便对定坡村进行了近三年的拍摄。第二主创、《南国早报》文字记者巫碧燕，定期入村采写。全书体例如下：

一、本书以新闻纪实为手段，以摄影和文字为载体，以田野调查为方法，打造乡助专题。用人和事以点带面，用真实和细节感人至深，是本书的特色。

二、本书的图片主要系苏志付拍摄，图片说明系苏志付创作，文章系巫碧燕创作。图片与文章高度关联，又有所独立，图片的独立性体现在每篇文章后的组图中。组图另设小标题，以示区隔，如第14页"定坡村新一代大学生"、第26页"卢笑容"等。

三、关于书中的人称。苏志付在图片说明中以第一人称——"我"来讲述图片拍摄背后的故事。巫碧燕在文章中则以第三人称——"苏志付"来描述她眼中的驻村第一书记。

四、全书的图片均注明拍摄日期，旨在呈现作者对定坡村的持续关注，定坡村村貌和贫困户生活的变化。

五、书中定坡村每项数据都实时变动，并非事实差错。

自序

我是一名驻村第一书记，也是一名业余报道摄影师。

2018年3月19日，我受工作单位——广西壮族自治区人大常委会办公厅的派遣，来到广西百色市德保县东凌镇定坡村，担任驻村第一书记。

2018年年初，定坡村下辖34个自然屯，615户2392人，75%的人口为瑶族，25%的人口为壮族，人均耕地面积不足1亩。全村建档立卡贫困户共463户1743人，贫困发生率高达72.86%（建档立卡未脱贫人口÷2014年年底农业户籍人口数=贫困发生率），是全区100个极度贫困村之一。定坡村驻村工作队、村"两委"立下了"军令状"，要确保在2020年年底之前，实现定坡村全部建档立卡贫困户脱贫。

我在极度贫困的定坡村"拔穷根"，屡屡绝处逢生，处处考验定力。我用体重骤减、心脏绞痛、焦虑失眠为代价，坚守了定坡村近三年（原计划任期为两年），现在看来，定坡村在2020年年底脱贫摘帽已完全没有问题。

驻村期间，摄影一直是我工作的帮手，我拍摄的视频、图片素材屡屡登上定坡村集体经济产业的宣传册、广告、包装盒，而我，也频频化身网络主播、微商，为定坡土山猪、冷泉鸭蛋代言。我用镜头打造的"定坡风光""定坡乡味十二品"，已成为定坡新名片。

我看到了定坡村的日新月异、翻天覆地的变化，累并快乐着，也萌生了"为定坡村造像"的念头。

为了拍好定坡村，我自掏腰包升级了摄影设备，利用周末、节假日，拍摄同一村屯、同一人物、同一房屋的演变，拍到了定坡村几百户人的全家福、生活细节，拍到了定坡村的日常耕作、二十四节气、最后51户贫困户……我坚持镜头中有人，有普通老百姓，不干扰他们的日常生活，用朴实无华的手法，真实地记录定坡。同事看到我两个月才回一趟家，说我就是个疯子。

照片拍成了，如何从海量的图片中选择、整理，最后结集成册？

我特别感谢广西美术出版社副总编辑杨勇、责任编辑潘海清，他们多次开会研究，多次来到定坡村指导，他们建议我从一个个具体的人物和故事切入，以点带面、以小见大。

"照片带来震撼，文字带来重量。"我尤其要感谢本书的文字主创巫碧燕，感谢她写下的细腻深情的文字。

小巫是一名资深记者。2018年11月，她第一次来到定坡村，采访脚患怪疾的瑶家三姐弟。在教室里，她蹲下与孩子们交流；在采访路上，她把腿脚不便的孩子抱起。她发出的报道催人泪下，获得了数百名爱心人士的关注，又义务建立起爱心群，把孩子们接到南宁治疗。此后的两年里，爱心群持续发光发热。她和我还在定坡小学发起艺术计划、奖学金计划、书包计划、鞋子计划、校服计划，帮助定坡小学的孩子圆了艺术学习、书包、鞋子、校服梦。

小巫是土生土长的德保人，她对定坡这片土地，有着天然的亲近，她自告奋勇要为我拍摄的照片配写文章，我当然应允。2019年小巫怀着身孕，多次利用假期，挺着大肚子，一个人搭着乡村班车来到定坡村，爬山、采访。2020年年初，她的宝宝诞生了，她又趁着产假，带着宝宝来到定坡，最长待了一个月。采访路上山高路远，她总是带着一个装着冰袋的保温瓶，保存中途挤出的母乳……

最重要的是她的创作理念和文字能力。

小巫坚持用真实去打动读者，只有亲眼见到、亲耳听到的，才会写进书里，首稿不满意，就推倒重写，她把每一篇文章都当成艺术品一样去雕琢。有时，小巫写一篇千把字的文章，要花好几天，我都着急了，但她说："一定要让读者看到我们的诚意。"

小巫坚持跳出新闻报道的传统，创造性地运用当下互联网上推崇的"非虚构写作"手法，书写"泥土味"的定坡故事。我总看到她采访得很细，把事发时间精确到一分一秒，把现场一株植物、一只蝴蝶的学名都要弄清。她告诉我，只有这般具体，才能刺激读者在脑海"搭建"出一个现场。难怪小巫把看似"遥远"的扶贫故事，写得就好像发生在身边一样。这就是读者期待的"代入感"。

责任编辑潘海清说，我和小巫就像钢琴的四手联弹，彼此成就，彼此激发对方的艺术表现力。是的，小巫的文字很突出，我有时候觉得她才是第一作者。

我的扶贫工作繁重，没有她，就没有《我们脱贫啦》这本图书。小巫也曾说过，幸亏有我这位和村民打成一片的第一书记，她才得以深入贫困人家与他们同吃同住，得以零距离地接触他们的内心，才能下笔如有神。我想她说得也对，我也是因为熟悉，所以热爱，因为热爱，所以像个"快乐的疯子"般持续不断地记录、拍摄定坡村。

最后，我想说，《我们脱贫啦》不仅仅是一本图文故事集，它还注入了小巫作为德保人的乡情，注入了我这名第一书记的豪情。它像一份特别的驻村成绩单，我问心无愧！

在图文书籍公开出版发行之际，我还要：

感谢定坡村的父老乡亲，谢谢乡亲们的宽容和支持！

感谢定坡村"两委"和挂村、驻村工作队，谢谢你们的帮助！

感谢我的定点后援单位——广西壮族自治区人大常委会办公厅！

感谢我们自治区人大常委会办公厅派驻德保县扶贫工作队！

感谢我们中共德保县委员会、县人大常委会、县人民政府以及后援帮扶单位！

感谢数不清的关心定坡、支持定坡的爱心人士！

感谢我的家人一直以来的支持和付出！

千言万语道不尽，一切尽在书籍中！

谢谢！

定坡村驻村第一书记 苏志付

2020年11月1日于定坡村

目录 / *Contents*

定坡村口述史

口述人：

兰绍辉（1996—2002年任村党支部书记）

黄仕来（2014—2017年任村党支部书记）

颜庭财（2017—2020年任村党支部书记）

何建佐（2017至今任村委会副主任）

谭耀华（1940年生，定坡村第一位大学生）

定坡村基本概况

东凌盆地像个锅，东凌镇镇政府所在地（东凌村）是锅底，定坡村就在锅边的高山上。定坡村村民在盆地有水田，有些是土改分的，有些是自己开垦的。长期以来，村民就是在"锅边"睡觉，在"锅底"种田，山下收米、山上晒米、山下碾米，把谷子来回背3趟才吃得上，另外还在石缝里种玉米、猫豆、高粱。

20世纪80年代，定坡村民相对隔绝，不太敢下到"锅底"的镇上，怕被欺负、被看不起。

全村分为陇兰、陇布、茶酒三个片区，共34个屯。陇三屯最高，海拔为1200米；林下屯最远，从村部走路去得3个小时；陇于屯前面，是真正没有一分土，村民去自己的菜地要走30分钟。"这里公鸡吵架都找不到""走小康？走米糠还差不多。"几十年前，有人这么形容定坡村。

90年代，定坡村开始有人外出打工，有些是自己去，有些是村委组织去的。1990年，有人到南宁的"搬物专业社"打工，搬空一个房间挣6块钱。

20世纪末，定坡村一共有2287人，有约1800亩田地，人均不到1亩。

定坡村住房和搬迁

1949年后到90年代，定坡村主要是茅草房，火灾频发。以下为不完全统计：

1967年，甘落屯10间茅草房被烧毁，死亡2人，粮食、家禽、家畜被烧光；1998年4月，林下屯15户人家遭火灾，未有人员死亡，当时劳力外出做农活，且家中缺水，老幼只能眼睁睁看着房子被焚毁。据调查，火灾是村民在阁楼上剥玉米，碎屑从木地板缝隙掉到灶火中被点燃引起的。1999年，岩恩屯1户人家，在移动灶火时引发火灾，所幸无人伤亡，也未波及邻居。

20世纪90年代末，村民流行购买周边村屯淘汰的旧瓦片，肩挑马驮把旧瓦片运上山，换下屋顶的茅草。

1949年后，县政府曾动员瑶族人迁到平地居住，东凌、经律（现定坡村）的瑶族迁到仁爱大队（现东凌镇甘必村）那塘（地名）辟建新村。1958年移民已有50多户，后因不愿居住，逐步迁回原地，至1981年后只有11户。

1997年至1999年，国家动员拥有耕地不到1亩的村民，搬迁至田林县能良乡，计划分给每个移民5亩山林种八渡笋、五分水田种水稻。1997年，第一批约100户500人去往能良乡新六隆点；1999年，

定坡村屯大致方位图，由口述人兰绍辉手绘，注：社即屯。

定坡村屯大致方位图，由口述人兰绍辉手绘，注：社即屯。
2020-08-14

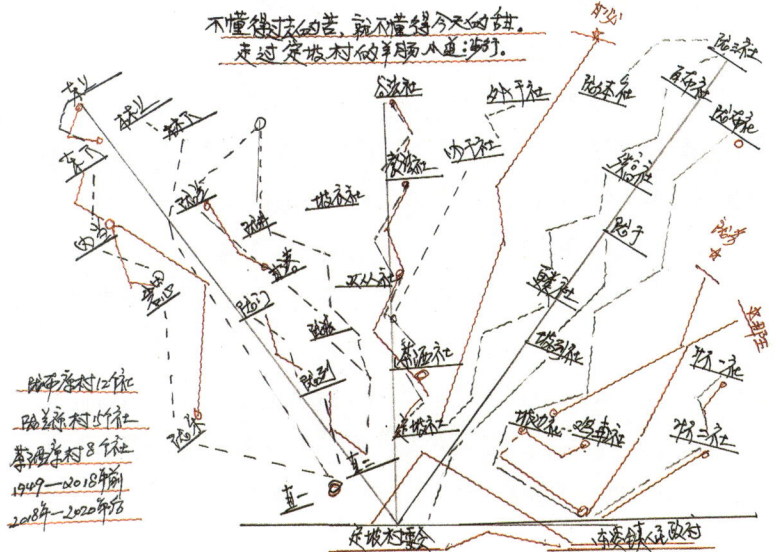

03

第二批46户约250人去往能良乡旧六隆点。由于种种原因，在之后的10年内，绝大部分移民迁回，目前，新六隆点仅剩下6户，旧六隆点仅余下7户。

2004年，德保县发展和改革局利用中央预算内专项资金，在定坡村定坡屯实行扶贫搬迁试点工程，工程包含住房、人畜饮水、供电、道路和产业开发，2007年至今安置110人。

2010年起，村民开始用外出务工的积蓄，在"锅底"（东凌镇政府所在地）买地建砖瓦房。

2015年至2020年，是搬迁的高峰期，有自主搬迁的，有响应国家易地扶贫搬迁政策的。没有搬迁的，也在老屯建起了水泥砖房。

定坡村的水、路、电

定坡村缺水，看天吃饭，稻米产量也不高，后来60年代修了鸡甫水库，80年代种植杂交水稻，口粮短缺的问题才有所缓解。但是，住在"锅边"的村民经常需要到"锅底"挑水喝。

1988年，定坡村茶酒片区的村民自己拉了低压电，1990年，该片区有了第一台电视，用"锅盖"收卫星信号。2001年，陇兰片区有了第一台电视，是一台用600元买来的二手黑白电视机，没有电视信号，只用来播放VCD。现在的定坡村，家家户户都有电视看。

1997年，政府出水泥、炸药，村民出人力，建设了第一批家庭水柜。1999年12月，政府在定坡村启动"集雨节灌"工程，计划给定坡村建200个地头水柜。2000年9月，解放军也来支援，他们用肩膀扛水泥，走6千米山路到卫东屯。有的战士在半山腰实在扛不动了，也没有放弃；有的战士肩膀磨烂完了，也不喝村民的茶水。最后，定坡村建成了133个地头水柜。

1998年,定坡村建成第一条砂石通屯路,通往叫法屯。那时,政府出钢钎、十字锄、炸药,定坡分工到户出人力。该屯也有了全村第一辆摩托车。2005年前后,有老板跟村民协商用路换土坡租约,有土山坡的卫东上、下屯因此有了能走车的砂石路。2014年,修通了从定坡村到甘必村的县道,去县城多了一条路。2018年、2019年、2020年这三年,修的路比过去几十年修的路都多,住人的村屯都有了水泥路,新屯的道路也全部硬化。

定坡村的教学点

1950年,定坡村建立第一所小学——陇兰小学,设立一至三年级。唯一的老师叫韦忠显,壮族,小学三年级文化水平,会说瑶话。自此,周边的甘落、陇直、陇井等几个瑶寨,开始走出了瑶族老师、瑶族干部,以及定坡村第一名大学生谭耀华。谭耀华生于1940年,1969年毕业于中央民族学院(现中央民族大学)历史系。

后来,陇兰小学搬到陇直屯(改为陇直小学),该教学点辐射15个屯。村里还设立过茶酒教学点,有一至五年级,辐射8个屯;设立陇布教学点,辐射12个屯。定坡小学1960年建立,是德保县最大的村级完小,2020年有学生250名,瑶族学生占94%。

20世纪70年代,定坡村在定坡屯设立初中,该村多任村支书均毕业于此。该初中产生了两届毕业生,后被撤销。

距离学校越近的村屯,走出的大学生、干部就越多。

80 岁的谭耀华。 2020-08-14

1

定坡第一个大学生谭耀华

"扶贫先扶志, 扶贫必扶智。"

要充分领会这句话的含意, 不妨把它放到更长的时间轴去考量。

1959年, 国家从少数民族地区选拔干部人才, 把19岁的初中毕业生谭耀华, 从深山瑶寨里"挖"了出来, 带到了中央民族学院。自此, 定坡瑶寨有了第一个大学生, 他在山的外边, 见到了祖辈见所未见、闻所未闻的世界, 最终成长为一名中学高级教师。

谭耀华的经历和知识荫庇了几代人: 他的少数民族贫困学生, 成长为国家干部、医院护士长、学校老师; 他的堂弟谭忠行冲破家人的反对, 要"和堂哥一样到外边读书", 成为定坡小学的第二任校长; 谭耀华还资助定坡小学成立"大学生奖学金"……

在更长的时间轴上, 知识的能量, 如缩时摄影般清晰可见。谭耀华的故事, 我最想讲给定坡村的孩子们听。

一

2020年立秋过后,80岁的谭耀华回到定坡村甘落屯(原为干落)。他站在出生的寨子里,穿起备好的瑶服。镜头前,九枚瑶服盘扣一一扣上,把背心上"中央民族学院·北京"的红字,紧紧地包裹在胸口。

谭耀华红了眼眶。

老寨人去楼空,但老房的桩基还在,伏击土匪的石阵还在,藏粮食的"天然地下室"还在……老人的脑海里又重新浮现出过去在甘落屯的日日夜夜。

甘落,瑶话意为半山腰的"塌陷"。1940年的秋天,谭耀华便出生在这个岩溶天坑边上的寨子。寨子里没人识字,他的父亲走了80里山路,才找到懂八字的老人,为他求得大名,叫"永山"。

永山的童年充斥着饥饿和不安。1949年前的甘落,只容得9户人家,房顶只能盖茅草,其中7户是木桩基,三年就得重新盖一次。老寨一年中有三个月缺粮,年幼的谭永山便跟着母亲割绿肥草换粮食,或者跟着父亲挖淮山薯充饥,一天得两斤,连皮吃。

1948年到1954年,土匪在甘落屯所在的陇兰片区疯狂打家劫舍,甚至放言:"要让陇兰片区七个山寨的瑶族人灭迹。"寨子里的女人们守石阵,男人们扛粉枪,见到来者不善,便滚石头射火药枪,携老扶幼躲进大山的溶洞。

与此同时,在甘落不远的山坳,开设了定坡村第一所小学——陇直小学。瑶寨没人当得了老师,于是请来了一个只有小学三年级文化水平、会说瑶话的壮族老师韦忠显。有一次,韦老师带着持枪民兵和孩子们,在甘落对面的陇列屯山坡,围捕到两名匪徒,并将他们押送至"德保县第十一区东凌区府"。

谭耀华穿起备好的瑶服，回到
老寨，回到老寨旁的天坑。
2020-08-14

那是一个食不果腹、惶惶不安的年代。但是，谭永山成了定坡瑶寨第一批学生，他在后来的口述史中提道："对于我的启蒙老师韦忠显，我很感谢他，他也非常看重我，见到我这个人比较机灵，便让我连续4年当班主席，现在叫班长。"

"我后来转到东凌中心小校，自己打柴做饭，念完五年级、六年级。1954年毕业时，小校农主任教导我：'永山啊，瑶族（要）有人去师范学校学习当老师，现在我们瑶族缺老师，瑶族（孩子）也要上初中，上高中，也要培养未来的大学生。'"语重心长的一番话，在少年永山心里悄悄播下了一颗种子。

1956年的一个下半夜，永山摸黑起床吃完饭后，便背着背包，走了160里路，来到县城的德保中学，靠着国家给予瑶族学生的每个月8元的甲等助学金，完成了初中学业。"我们当初读书是很卖力的，不用管的。只要有饭吃，就埋头用功。"

1959年，19岁的永山体重60斤，他穿着妈妈用女裤改成的裤子，从大瑶山来到了北京城——他是当年唯一读完初中的瑶族学生，被保荐至中央民族学院预科一部念高中。在北京，有同学因为成绩跟不上退学了，但永山不甘人后，"别人能做到的，我也一定能做到"，一张保留至今的高中成绩单上，永山八门功课中四门5分（相当于A），三门4分（相当于B），一门良。

1963年，永山考入中央民族学院历史系，师从民族社会学泰斗费孝通、吴文藻、潘光旦教授，作为少数民族代表参加外事活动……

自此，"永山"更名"耀华"。

二

1970年，谭耀华结束了11年外出求学、锻炼的生涯，回到百色担任中学教师。

90年代初，谭耀华曾担任初中民族班班主任，全班47人，瑶族学生25人，壮族学生20人，汉族学生2人，其中瑶族女学生6人，壮族女学生4人。班上的学生经济条件差、差生面大，37人靠助学金才读得起书，入学成绩仅为其他班的零头……

比贫困更让人不安的，是思想的动摇。一开始，孩子们厌学、逃学、退学。

"我们瑶族女孩成才少，读不读书，有没有文化，都是人家的儿媳妇，何必让父母辛苦！"

"人家考进来双科是180多分，我们才80分，就是跑步赶，也难赶得上。"

"万一考不上高中，不就是比同村的多识几个字。反倒是体力不如人，祖辈那些谋生的手段，承接得比别人差，回去了，就是低能儿和懒汉！"

"祖辈跟着牛屁股，儿孙有谁成人杰？"

谭耀华是一名历史老师，他用大禹治水、卧薪尝胆、闻鸡起舞的典故，稳定孩子们的情绪，坚持把民族班办下去。

学期末，大山的孩子开始成为学习的主人，在市统考中，历史平均分在80分以上，10科平均分在70分以上；班级女子篮球队在年级比赛中始终保持不败，男队则稳居亚军；元旦文艺晚会上，班级自编自演的合唱《瑶家路》，获得全校二等奖。

最让谭耀华骄傲的是，这些少数民族学生，后来成了小学老师、国家干部、医院护士长……

谭耀华家旧址，当年他就是从这里出发去了北京。
2020-08-14

2009年，69岁的谭耀华才离开讲台："我为国家工作约四十年。1963年，周恩来总理在北京人民大会堂对我们三万毕业生下达了'你们要为国家工作二十年'的光荣任务。我谭耀华问心无愧地做到了。"

脱贫攻坚战役的最后一年，80岁的谭耀华是搭着汽车回到甘落屯的。一别十年，他还照着老习惯，带着一把柴刀。直到下了车，亲眼看见2020年修通的水泥路，离老宅地基不到10米，他才完全相信：在甘落屯通往外界的羊肠小道上"披荆斩棘"，已经成为历史。

当年，少年永山从这里出发，背着铺盖走160里山路去县城念书。"从半夜三点走到晚上九点，全身疼得像要散架，第二天上不成课。"

"这个路，我想不到。"谭耀华反复说。

谭耀华魂牵梦绕的陇直小学，只剩下一些石块，原先的操场，已经被水泥路覆盖。不过，历史不会埋没它的功绩。因为它，周边的甘落、陇直、陇井等几个瑶寨，开始走出了瑶族老师、瑶族干部。

甘落屯的谭忠行是谭耀华的堂弟，比谭耀华小了近20岁，他的父亲是当地颇有名望的师公，一心想他子承父业。然而，谭忠行打小立志要"和堂哥一样到外边读书"，他不惜与父亲对抗，毅然决然选择去百色民族师范学校就读，成了时任该校教师的堂哥的学生，后来成为定坡小学的第二任校长。

陇井屯的黄炼是谭耀华的外甥，父亲过世之后，舅舅资助他完成了学业。现在，黄炼成了定坡小学的新任校长，舅舅又捐出一万元，帮助他设立定坡小学助学金，去鼓励更多的定坡村孩子……

知识无言，润物无声。在某些环境里，我们无法深刻地感受到它，便把它当成空气。然而，在更长的时间轴上，知识的能量，会如缩时摄影般清晰可见。

定坡村新一代大学生

年轻人的面貌，是乡村
的未来。2020-01-17

能干的瑶族娃娃卢笑容。
2019-12-10

2 失学放牛孤儿圆梦记

"书记，你能帮我办户口的话，我谢谢你哦。"

"嗯，我会想办法！"

这是2018年12月1日，德保县东凌镇定坡村第一书记苏志付，第一次见到失学的13岁事实孤儿卢笑容时，做出的郑重承诺。

然而，要解决拖了13年的落户问题，谈何容易！在此后的一个月里，苏志付带领定坡村驻村工作队队员四处奔波，终于在2019年的元旦，圆了女孩的上学梦、落户梦。

（本文获得 2019 年德保县脱贫攻坚"微故事"征集活动特等奖，现原文呈现）

"我一定要见到这位失学的女娃娃。"

苏志付，广西壮族自治区人大常委会联络处副处长，2018年3月，他成为瑶族极度贫困村——德保县东凌镇定坡村的第一书记。

常言道，"南岭无山不有瑶"，定坡村的屯落大都分布在东凌盆地周边的大石山上，遍访只能靠两条腿。他和工作队的队员们，常常是天空微亮，就背起干粮上山，繁星满天时，才能回到宿舍，两条腿走得直抽筋、打抖，疼得无法入睡。驻村仅仅半年，军人出身的他，就瘦了15斤。然而，他身上始终铆着一股劲，不敢松、不肯松！哪里有困难，他就奔到哪里去。

"听说，在甘落屯，有一位失学的女娃娃？"

"书记哦，她家在高高的山上，走路要几个小时……这娃娃命苦，爹死了，娘跑了，户口办不成，只能寄住在伯父家每天放牛。这么多年，都没人能把她带到山外的学堂，难道你就能有办法？"

办法？苏志付心里着实没底，但他一定要先见到这位失学的女娃娃！

2018年12月1日，星期六，已经两个月没回家的苏志付一大早就在村部加班，他看了看时间：上午11点。

"走！上山找人，不能再拖了！"苏志付找了村里的两个年轻小伙子做向导，就风风火火地上山了。来到半山，他才发现，自己连水和干粮也没来得及备。

"书记，谷底的野果倒是鲜，但又酸又涩；水柜的死水倒是清，可得虫蛇牛马共用，你敢不敢试试？"小伙子战战兢兢地问。

"拿来！"苏志付想也没想，接过被太阳晒咧嘴的野果。忽然，手一滑，野果掉了，他捡起来吹吹，又塞进嘴里。

下午4点多，苏志付终于见到了这位女娃娃，只见女娃娃有着古铜色的圆脸，扑闪闪的大眼睛，本应该拿笔写字的手，却因为常年放牛做活，变得粗糙而塞满泥垢。

"我也有个和你差不多大的女儿。"苏志付捋着女娃娃的头发，眼泪忍不住掉下来。

定坡刚下完冻雨，苏志付和驻村工作队队员汤恒议（右）在泥泞中步行 3 个小时，给卢笑容送去被褥和新衣。（巫碧燕摄）2019-01-01

"我给你起个新名字，叫笑容。"

叮当叮当……一阵清脆悦耳的牛铃声传来，女娃娃把十几头黄牛从山谷里赶回来了，她把牛赶进牛棚，就雀跃着来到书记跟前坐下。

"我每天都照顾这些牛、鸡、狗、羊……天亮起来喂，晚上11点还要喂，它们都是我的好朋友。"

"你想上学吗？"

"想啊，那样，我就可以去广东打工了。"女娃娃眼里瞬时亮起了光，上学意味着将来有能力去山外看世界。她不知从哪里拿来一张包装纸壳，在上边郑重其事地写下：上学。女娃娃还把纸壳反过来，用手指着上边的一个个字。她吃力地念着，不能完整地读完，只能时不时抬头望着书记，寻求帮助。

"国家新政策，没有户口也可以先上学呢。"苏志付很生气，转而问女娃娃的伯父。

"书记呀，早几年，都说上户口才能上学，这没爹没妈的娃娃，先要去省城做亲子鉴定，我们一辈子没出过远门，手里更拿不出钱。上学的新政策倒是听过，但山里没路没水没电，睁眼闭眼过一天，不知怎的就拖到现在……"女娃娃的伯父说这话时，躲着苏志付的眼睛。

"养殖业要搞，但不能全压在她的身上。她才13岁，上学是天经地义。"苏志付掏出了心里话。

"下周一，就到定坡小学注册，她的户口，我回去一定想办法。"

苏志付转而对女娃娃说："上户口要取名字，要不，你就叫笑容吧，卢笑容。"

卢笑容笑了，苏志付笑了。党的第一书记，真心想帮助这位笑容纯真的瑶族女娃娃。

卢笑容脏活、苦活、累活样样都干。
① 2018-12-31
② 2019-12-10

①
②

"她的事，不能再拖一年！"

此后的一个月里，苏志付带领着驻村工作队在村部、镇政府、派出所奔波，他找人开证明，吃了不少闭门羹。苏志付给自己立下了军令状："镇派出所不行，就找县公安局！总之，一定要把这13年的老骨头、硬骨头给啃下来。"

苏志付趁着回家的周末，给笑容买了最喜欢的连环画册，送到山上，借机动员伯父同意笑容下山。他还给笑容备好了上学用的文具、棉被、新衣服。

他会时不时地去到定坡小学，但始终看不到卢笑容的身影。

"书记，打了数不清的动员电话，没用呀。"驻村工作队队员汤恒议的心拔凉拔凉的。

"那就再上山，不能再拖一年！"

2019年1月1日，整个东凌镇迎来十年一遇的寒潮，瑶山上刚下完冻雨，树尖上冻着冰凌，被牛羊踩坏的山路愈加泥泞。驻村工作队特意到镇上买好棉被、冬衣，肩挑背扛就上山了。他们艰难地步行了3个小时，终于来到了卢笑容的家。

"书记，这么冷的天，你们……"伯父看到冻成冰疙瘩的驻村工作队队员，惊得再也说不出话。他看到了队员们的坚定，看到了队员们的苦心，默默地回到房间，悄悄地给住在山下搬迁安置点的儿子打电话：笑容元旦后就下山，住你们那儿！

此时，苏志付悬着的心，放下了，他看着穿上新衣的卢笑容，乖巧地捧着新书，"悄悄"地坐到工作队队员的身边，旁若无人地读

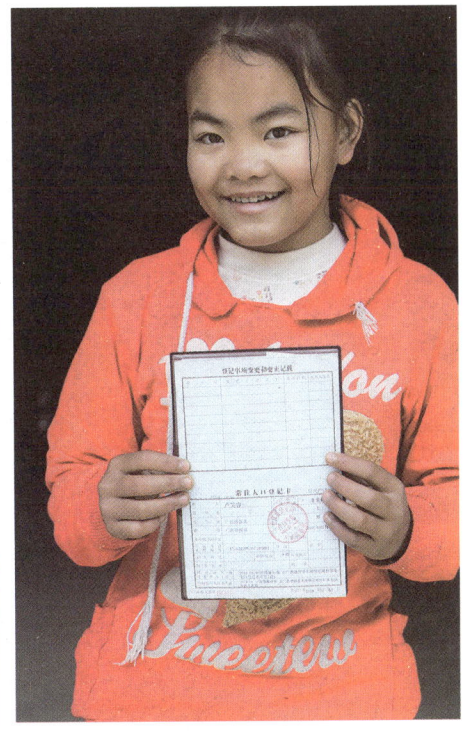

天寒地冻，作者巫碧燕上山看望卢笑容。笑容开心地凑过来请教绘本生字的读音。① 2019-01-01

新年的第一个上学日。班主任谭建辉把自己的课本赠予卢笑容。② 2019-01-02

"有户口啦"。③ 2019-01-12

①	
②	③

起来。工作队队员用手机的微光，替笑容照亮了书本。笑容的眼睛里，也闪着求知的光芒……

2019年1月2日，新年的第一个上学日，在东凌镇定坡村定坡小学，卢笑容来到一年级的课堂。苏志付郑重其事地将卢笑容，托付给班主任谭建辉。

2019年1月12日，卢笑容拿着自己新办得的户口簿，露出了笑容……

卢笑容

牧牛之路大变样。通屯路来到了家门口。
① 2018-12-19 ② 2020-10-06
懂事的卢笑容将驻村工作队队员送给她的棉被，转送给邻居老奶奶卢姆绍。③ 2019-01-02
卢笑容和最爱的奶奶黄彩平（83 岁）。
④ 2020-10-05

①	③
②	④

①
—
②

卢笑容借光读书。① 2019-12-10
村里的大学生陈紫辉给卢笑容
辅导功课。② 2019-04-06

① ② 卢笑容学了很多新字，把对父亲
的思念都写进了作文里。
① 2020-01-19
农历三月初三，卢笑容穿过漫山
遍野的如意花丛，来到父亲的
坟前，告诉父亲：我已圆梦。
② 2019-04-07

姐姐农秀亮（左）、弟弟农绍龙（中）、妹妹农美益（右）。2018-11-23

3

**从90分钟
到2分59秒的上学路**

2018年年底，瑶山深处。

7岁的妹妹搂紧父亲的脖子后，15岁的姐姐农秀亮也爬上了父亲的背。一旁，9岁的弟弟流露出渴望，但父亲的背上，已无多余的位置。

他们的脚下，是一条走出大山的路，瑶族人从不畏惧脚边深深的山坳——在瑶山流传的歌谣里，女孩是一飞不回的绣鸟，男孩是可跃万山的猛虎。然而，绣鸟和猛虎的脚，却被不知名的恶疾所困，一度令他们的上学路，异常艰难。国家的易地扶贫搬迁政策，让瑶族娃娃的上学路从90分钟缩短到2分59秒、305步。而爱心人士的援手，让孩子们不再因疼痛夜夜无眠。

三姐弟和父亲艰
难地走在老家的
山路上。
2018-11-23

一

2018年11月23日上午，15岁的农秀亮和弟弟、妹妹一起，拉着父亲的手，走进了定坡小学。身边的小同学们雀跃地奔向教室，眨眼间就不见了踪影，安静的操场上只剩下他们4人。父亲把最小的妹妹抱起，农秀亮只能和弟弟继续蹒跚着，去往各自的教室。

农秀亮和7岁的妹妹一样，是定坡小学一年级的学生，因为脚疼，她的一年级迟到了8年。4个月前，农秀亮一家还住在已经歪成平行四边形的木头干栏里。同患腿疾的父亲只能背上脚病较轻的弟弟，爬一个半小时的山路，去往最近的小学。

2018年7月17日，农秀亮一家搬进了定坡村的易地扶贫搬迁集中安置点，上学路由90分钟变成了2分59秒、305步。疼痛依然锥心刺骨，但农秀亮终于能自己走进课堂。

农秀亮坐在一群7岁的孩子中间，只稍稍高出半个头，她细细的胳膊、小小的脸，让人难以相信她已经15岁了。农秀亮说话的时候，总是微蹙眉头，时不时会倒吸一口气，那是疼痛在钻着心。

"有水吗？"农秀亮忽然问，大家以为她口渴了，却看见她把水浇在了自己的脚上。农秀亮的脚底板，从6岁开始长出了白色的、坚硬的角质，怕干怕热。此后，弟弟、妹妹的脚，也都生了病，他们一年四季都只能穿着一双塑料拖鞋，冬天也要时常泡冰水。

"听别人说南宁的医院才能救我们，我爸爸可能没时间带我们去吧。"说到这，农秀亮的大眼睛暗淡了下来。

一家人住房的新旧对比。
① 2018-12-02
② 2020-01-17

① ②

二

"爸爸没时间"，单纯的姐弟仨一直是这么认为的。

定坡村易地扶贫搬迁集中安置点12-95号，是姐弟仨的新家。门厅里的8袋半玉米，是全家下半年的所有收成；房间里的6根衣杆，是5口人的"衣柜"。同村的谭吉木，看到农子南家的灯，常常伴着孩子们的哭声，夜夜长明。大人和孩子晚上只能睡一两个小时，白天更是无法劳作。

"都知道要去南宁治，但我们没有钱。"农子南看着农秀亮，终于当着女儿的面说出了原因。他自20岁发病，就没在外头打过工，疼的时候全身冒汗，找了很多土方子泡脚，均无济于事。

农子南转身拿出一把锋利的刀片，要给农秀亮割除脚底板的角质，这是日常"治疗"的手段之一。秀亮看见刀片，眼泪就像断了线的珍珠。她抢过刀片硬要自己割，那样，痛会少一点。

忽然，大家注意到农秀亮不见了。原来，她躲进了房间，把双脚泡在冰凉的水里，旁边架着一台破旧的风扇。她看见大家都进了房间，反而来了兴致，从旁边拿起一本语文课本，念道："秋天，天空那么蓝那么高，一群大雁往南飞……"

"我喜欢语文，这些字我都会写，我语文能考91分。"农秀亮终于绽开了笑脸说。

驻村工作队队员第一次知道农秀亮姐弟，是在一次校园爱心捐赠活动上。那时，农秀亮从人群里走了出来，主动上前问他："叔叔，你能治治我的脚吗？"

大家被这女孩强烈的求医欲望所打动，联系了省城的名医，求得验方一副，"药很快就寄来了，但名医没见过本人，不知道有没有用。必须想方设法把大人和孩子带到南宁看病！"

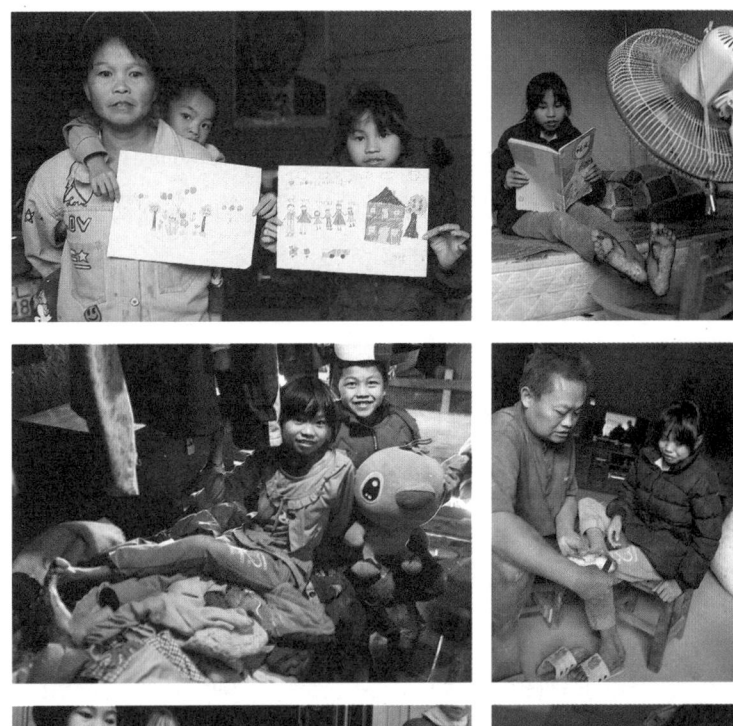

①｜④
②｜⑤
③｜⑥

姐妹俩有一个当画家的梦。① 2018-11-23
深山老家，姐弟俩依偎在一起。② 2018-11-23
父亲和孩子们患有遗传性的掌跖角化症，得用刀片割除常年生长的白色角质，这个过程疼痛难忍。③ 2020-01-17
④ 2018-11-22
⑤ 2018-11-22
⑥ 2018-11-22

三

　　驻村工作队联系了《南国早报》,《南国早报》的记者第一时间向外界播发了这个发生在极度贫困村中的求医故事,汇集了数百位爱心人士的拳拳爱心。

　　2018年12月3日,秀亮一家搭着爱心企业的专车来到南宁,孩子们被爱心人士抱在怀里,访遍邕城名医。自治区人民医院皮肤科主任谢治,支出一万余元的课题经费,减免了千元检查费,确诊这一家人得的是基因突变引发的弥漫性掌跖角化症,需要进行系统、长期的治疗。完成阶段性治疗回家后,县政府接过爱心救助的接力棒,为一家人送去了温暖的羽绒服,将他们的低保,从C类调整至A类。

　　截至2020年年底,秀亮一家共收到13.99万元善款,数十种爱心物资,他们得以赴省城检查、复查4次,长期的用药也有了保障。2020年的中秋节,在安置点的篮球场上,秀亮和专程来看望自己的城里的孩子们,玩起了"你追我跑"的游戏。秀亮俨然一只活蹦乱跳的小兔子,已经看不出曾经的病痛。她的父亲说,她的体重原本只有35斤,病痛缓解后,一下子窜到了50斤,三个孩子在学期末,都获得了"学习之星""进步之星"的奖状。

　　秀亮家的吊脚楼都已经拆旧复垦。今后,他们还会说着瑶话,但恐怕不会再回来。

　　国家的易地扶贫搬迁政策,让瑶族娃娃的上学路缩短到305步。而爱心人士的援手,让孩子们不再因疼痛夜夜无眠。农秀亮姐弟仨,这几名长着白色病脚的瑶族小绣鸟和小猛虎,将会安心学习,和瑶山歌谣里唱的一样,飞跃万山,自由去回。

帮助三姐弟的好心人

①	③
②	④
	⑤

姐妹俩相差8岁，同上一年级。班主任赵必军在辅导她们的功课。① 2018-11-23

作者巫碧燕第一次来到定坡村采访瑶家三姐弟。② 2018-12-02

在南宁治疗期间，爱心人士黄玲（左一）和家人同事一起，带着孩子们逛书城。孩子们把她亲切地叫作"茯苓妈妈"。③ 2018-12-23

一家人回到定坡村后，扶贫车间业务厂长手把手培训农子南（左）与其妻子（左三）还有农子南的表妹（左二）。④ 2018-12-29

政府也接过接力棒，送去了爱心物资。⑤ 2020-03-27

《南国早报》发起的"帮帮瑶山三姐弟"爱心群的部分成员。① 2018-11-23 农秀亮脚好了，长胖了，能跑了。② 2019-10-03

①｜②

"逛山少年"黄强。2019-10-02

4 逛山少年黄强

2019年10月2日，国庆长假，在一个收得到"云南欢迎你"的短信的深山老林里，定坡小学校长黄炼又一次执行了劝学任务。他走下山，钻进了他的五菱"神车"。

在老林深处，12岁的黄强忽然意识到了什么，他丢下手里的杨梅皮，喘着气追到了山脚，他要跟黄校长好好道个别，要郑重地告诉校长：他过完国庆就回校上学。

"哈哈哈……"回来的路上，开着"神车"的黄炼，笑声串串。

大家奇怪他笑什么。

"我是要掉眼泪了，感动，哈哈哈。"

原来，就是这个真诚的道别，让黄炼感到值得。他说："这便是教育的意义。"

嘟嘟嘟! 急转、换挡、强刹……

2019年的国庆假期，校长黄炼第三次开着他的五菱"神车"，挺进了百色市右江区大王岭的深山老林。

大王岭群山连绵、苍葱碧翠，原生的美景和潜伏的危机并存。塌方像电子赛车游戏，冷不丁就来。校长身形微圆，但在蛇行的公路上开起车来，却如行云流水。他就像个经验丰富的猎人，在寻找最后一只辍学的小"神兽"——黄强。

是的，2019年秋季学期开学，12岁的黄强又不见了。

他没有户口。在定坡小学学籍册里，他登记的名字是"王强"。究竟是姓"王"还是"黄"？他自己都不在乎。

据说，他的家在百色市右江区大楞乡龙和村，他从小就被寄养到别家。寄养到谁家？有人说外公家，有人说伯父家，有人说陌生人家，还有人曾看见他住在路边废弃的棚屋，可以确定的是，他已经被"转手"多次。

他和父亲的关系是疏离的。父亲为什么要把自己送人呢？有人说是因为父亲和母亲关系不和，有人说是父亲养不起他。反正直到现在，两人偶尔见面，空气都是僵的。

他其实待过自己的家。那时，黄强的母亲在每个星期一，都会开上一个多小时的摩托车，把黄强送到20公里外的定坡小学——定坡小学无条件接收适龄的孩子，即使没有户口，也可以。

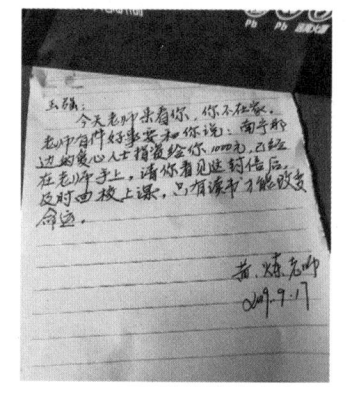

开学半个月以来，老师们两次上山找黄强，都扑了个空，只好给他留了封信。
2019-09-17

（注：黄强在学籍册里登记的名字是"王强"）

天有不测风云。2018年6月的一个周一，龙和村大雨滂沱，黄强的母亲执意搭着黄强，骑着摩托车往学校赶。半路，两人遭遇了车祸，黄强逃过了车轮，但他的母亲被送进了ICU，命保住了，可再也不会说话。

　　从那时候起，黄强再次放野，行踪不定，能回校上课，也偶尔玩失踪，定坡小学的7名老师，陪他玩"猜猜我在哪"。

　　2019年秋季学期，定坡小学校长黄炼决定，必须再次把这只"野生小兽"带回校园，他四处打听，锁定了黄强的大致坐标——大王岭自然保护区的深山老林里。从定坡小学出发，到达那里需要驱车一个多小时，再沿着一米宽的砂石路走进山。

　　校长一队人马前两次寻人，一次被淹没在丛林草莽中，白绕了大半个山，还有一次扑空了。

　　这回是第三次。

　　只见视线平行处，偶尔飘过一片云，提示海拔已上千米。大家踩着厚厚的松针，穿过一片阳光都难以穿透的密林，看到手机冷不丁跳出"云南欢迎你"的短信，便到了黄强的栖身之所——一个山顶上的棚屋，棚屋的墙是由木枝和砖拼成的，没用水泥，门是一块烂板，木梁被虫蛀了一半……原来，一位和黄强并无血缘关系的年轻人，见黄强没有去处，就给他垒了个简易住处。

一个小小的身影从林子里钻了出来。是黄强！他的衣服油黑发亮，裤子还裂了个口，古铜色的脸上黑了一道道。哎，可不就是"野孩子"！

"野孩子"受到了夹道欢迎："去哪了？"

"逛山。"

好嘛，城里的孩子逛街，他逛山。

"在山里干吗？"

"睡觉咧。"

"他呀，上山为捡杨梅皮。"年轻人替他说。

"不错哦，看看！"校长装作很有兴致的样子。

黄强钻进了一个黑屋，搬出一个麻袋，里面是满满的一袋杨梅皮，8毛钱一斤。这可都是"野孩子"的劳动成果，看他脸上的得意劲儿，仿佛自己是个财主。

"有好心人给你捐款了，不用担心，收收心，国庆节后回学校上课。"黄炼下了命令。

"嗯。""野孩子"竟乖得很，一口答应了，他知道拗不过老师，不如直接"投降"。

太阳下山了，林子变得阴飕飕的，黄炼赶紧把回校的事情，给年轻人交代了，起身要走。黄强不吭声，不知从哪里找来个书包，背在身上，跟着校长走了一段又一段山路。

黄强的临时收留者在深山的厨房和猪圈。
① 2019-09-17
黄强暂住在这间棚屋里，挡雨的门板上长了树菌。② 2019-09-17
棚屋的"饭桌"。③ 2019-09-17

①
②
③

"野孩子"就是"野孩子",快到山下的时候,又走了神,钻进林子里捡杨梅皮去了。

　　黄炼早就习惯了这"野孩子"的脾性,他走下山,钻进了他的五菱"神车"。

　　在老林深处,黄强忽然意识到了什么,他丢下手里的杨梅皮,喘着气追到了山脚,他要跟黄校长好好道个别,要郑重

黄强"逛山"的成果——装满几个编织袋的杨梅皮。2019-10-02

地告诉校长：他过完国庆就回校上学。

"哈哈哈……"回来的路上，开着"神车"的黄炼，笑声串串。

大家奇怪他笑什么。

"我是要掉眼泪了，感动，哈哈哈。"

黄炼感动得动了校长腔："这就是教育的意义，让孩子不仅仅学习到知识，还在耳濡目染中学会待人接物。这样，有一天出了大山，才不会连基本的礼仪都不懂，才不会与社会格格不入……"

国庆收假，黄强果然回到了定坡小学。他把脸洗得干干净净，穿着一件崭新的黑色的T恤，T恤上印着"广西小伙"，真是像换了个人。黄炼恐怕是最高兴的人，他立存此照，注解："神兽回校"。

黄强回校后，定坡小学2019年秋季学期再无辍学生。

此后，校长依然为黄强的户口奔忙，三番五次到龙和村了解家庭信息，了解入户需要的手续。他向爱心人士募集到了亲子鉴定费用。2020年"五一"假期，他又开起了他的五菱"神车"，载着黄强和他的父母到百色做了亲子鉴定，并成功为黄强入了户口。

黄强恐怕永远不会知道：校长载着他们一家人去百色的时候，吃了一张交通违法罚单。不过，校长还是那个招牌式的笑声:"哈哈哈,为了一个学生的户口,值得!"

"开自己的车来回劝学,能报销油费吗?"

"能,但是麻烦,不要了!"

是的,校长太忙了。2020年春季学期,定坡小学有建档立卡贫困户子女200人。老师们必须额外承担繁重的劝学、扶贫的任务。大家总是能看到老师们牺牲休息时间上门劝学,看到老师们每个星期驱车两个小时接送学生(这些学生已于2020年7月搬到了距离学校不远的安置点),看到他们自费救治受伤的孩子,看到他们不厌其烦地家访……他们不是家长胜似家长。

向这些极度贫困村的教师们,致敬!

黄强

这一次找黄强扑空了。
① 2019-09-17

2019 年国庆节，黄炼先到黄强的老家，只找到了他的叔叔。
②③ 2019-10-02

黄炼校长和定坡村村支书颜庭财带着黄强到老家认亲。
④ 2020-03-03

在爱心人士的资助下，黄炼载着黄强和他的父母，到百色做亲子鉴定。2020 年 11 月，他成功随亲生父母落户。
⑤⑥ 2020-05-01

①	③	⑤
②	④	⑥

定坡小学

定坡小学创建于1960年，校址位于定坡村定坡屯内，距镇政府约1千米，距定坡易地扶贫搬迁安置点约300米。校园占地面积4500平方米，校属学生范围覆盖定坡、陇务、甘必等贫困村，还有学生来自百色市右江区。2020年春季学期，全校共有学生250人，其中瑶族学生236人，壮族学生14人；全校共有建档立卡贫困生200人（含定坡安置点搬迁户子女65人），内宿生共112人。学校开设一到六年级共6个班，有教师8人。所有学生在校食宿均有全额补贴。驻村工作队借助社会爱心力量给定坡小学配备了备用发电机、饮水机，还发起了艺术计划、奖学金计划、书包计划、校服计划，圆了孩子们的艺术梦、书包梦、校服梦……

定坡大学生在母校给学弟学妹们上励志课。
2020-07-10

① 2020-09-17
② 2020-07-20
③ 2019-06-17
④ 2019-12-27
⑤ 2019-12-27
⑥ 2018-10-16
⑦ 2019-12-30
⑧ 2019-10-30
⑨ 2019-12-30

①	④	⑦
②	⑤	⑧
③	⑥	⑨

黄玉强入院治疗后,病情好转,能干活了。　　①
他乐呵呵地拿自己开玩笑:"现在就是　　②
跟羊做朋友。"

①② 2020-05-20

5

定坡"包殇"黄志勇

　　从前，在定坡村，从事占卜、通灵、解凶煞的人，被称为"包殇"（音译），瑶语意为"和鬼打交道的人"，他们的技艺来自祖辈的口口相传。

　　定坡"包殇"黄志勇，据说"懂天懂地懂人心"，却不懂自己患有精神病的儿子。2018年夏天，他的儿子把房间的铺盖烧了个精光，人也险些被烧没。2018年9月，黄志勇在驻村工作队、帮扶人的协助下，终将儿子送医。

　　而今，他的儿子不但生活能自理，还能养牛养羊。定坡"包殇"的信仰从A面翻到了B面。

2020年夏日的一天，雷雨转晴，定坡村更类新屯，我们要去黄志勇家。

夏日之下，更类新屯的周边，属于外村人的玉米已经蹿得一人多高，好像要把新屯淹没。2015年起，定坡村供高屯、更类屯的瑶族群众，从高山上陆续搬迁到这里。他们在辛苦换得的土地上，一点点建起砖房。在各家的门上，都挂着簸箕和八卦镜。黄志勇家的一层平房，门上比别家还多了一联红花、一对门神、一副对联，以及两贴黄色符纸，符纸正中写着"四季平安"。

黄志勇50多岁，女儿外嫁，家里尚有老伴和儿子。儿子黄玉强自2015年起，会在半夜大声自言自语，或者数日不知所踪。有一次，被人在野地里发现，衣服是破的，头上还有血痂，据说靠着两条腿翻山走到了临县，还从高处跳下来。

用当地的说法，黄玉强是"被鬼带走了"。黄志勇说，之后的三年里，他"什么都做了"，杀鸡杀羊，自己念，还请别人念，反反复复，儿子却不见好。

2018年夏天，黄玉强在家里放了一把火，把自己房间的铺盖和床都点着了，被人架出火场后，自己却躺在地板上蒙头大睡。驻村工作队意识到非送医院不可，通知了帮扶人。2018年

9月，帮扶人把黄玉强送到了百色的大医院里治了半年，病情有了明显好转。

"为什么一开始没有送去医院？"

"还没有帮扶，没有钱嘛。"黄志勇说，"（现在政府）发……发了神经证，得80块（一个月）。"

神经证？发神经还有证？我们都听蒙了。后来证实，黄志勇说的是黄玉强在2019年5月办得的残疾人证。

黄志勇说的是事实，虽说是"包殇"，但他没办法把儿子送医，光沟通这一关就过不了：他听、说普通话很费劲，以至于我们不得不找了个年轻人做翻译。有了翻译，情况也不见得好，我们还要从"神经证"之类的词汇中，判断他真正要表达的意思。

我们想见黄玉强，但又有些担心。不过，屯里人都说没事。傍晚时分，黄玉强赶着一只羊回来了。

他看起来不错。

头发剪得很齐整，穿一件贴身的蓝色短袖，古铜色皮肤，脸挺圆润。黄玉强好像事先知道似的，腼腆地笑着走进来，坐在我的对面等待问话。想来他是习惯了，帮扶人每个月至少来家里两次，每次看望和问话，都能顺便带来一些好消息，所以，有人问他，他什么都愿意说。

　　黄玉强说，他最想感谢帮扶人。第一任帮扶人把他送到市里治了半年，他回来后，没好好吃药，病情有反复，第二任帮扶人又把他送到县里的医院。他已经不太记得从前的事，但还能写帮扶人的名字。他甚至站起来走到我的旁边，看我写得对不对。

　　黄玉强现在每天要吃3种药，每天两次，办了慢性病卡，基本上都能报销，残疾人补贴也足够拿药的路费。

　　"现在就是跟羊做朋友。"他还会拿自己开玩笑。

　　"去治病有没有专门看日子？"我们问黄志勇。

　　"没有，顾不得。迷信不好啦，去医院好啦！"黄志勇说。

　　这是整个采访中，黄志勇说得最长、最连贯、最大声的一句话。他说，自己已经不做"包觋"，别人叫也不去了。这位定坡"包殇"的信仰，从A面翻到了B面。

定坡"包殇"黄志勇（右）和病情好转的儿子黄玉强（左）一起把木材运回家。2020-09-11

6 老猎人韦桂权

　　打猎是定坡瑶民的传统，历史上，定坡村的好猎手会时不时被邀请出山。他们凭着手中的火枪，替方圆百里的壮人赶山猪、除兽害。据说挑夫只要听见一声枪响，便可上去收拾猎物了。

　　定坡老猎人韦桂权继承了祖先的衣钵。若不是他，世人恐怕不会知道，在定坡村的大石山中尚有这般秘境：在那个距定坡村村部5千米的地方，满山风化石，稍不留神，便会跌下百米深沟，至今仍是人人畏惧的禁区。在那里的悬崖上，韦桂权可以像豹一样跳跃，像羊一样攀登。

　　"不想抓了。"这位年过六旬的老猎人说。他早年背火枪挖陷阱、放大活套，后来换成小活套，现在收起活套，专心养起了鸡、种起了稻谷。

韦桂权，1958年生，小学文化水平，定坡村茶酒屯老猎人，低保脱贫户。他至今鳏居，膝下无儿女，他在1999年讨过一个老婆，不过对方婚后不久就跑了，再无音讯。

2019年12月1日，我们受邀到这位鳏居的老猎人家里吃晚饭。当天，村里要做迎接上级检查的准备，村委和驻村工作队忙得不可开交。从村部到韦桂权位于安置点的新家，不过百米，他的电话打了一茬又一茬，我们直到晚上8时才能赴约。

我们很好奇又期待，老猎人会用什么做招待呢？

果然，我们远远地就闻到一股撩人的酵香和肉香，更加饥肠辘辘，刚被主人迎进门，目光马上就被房厅正中的火锅"锁定"。哈！只见当中翻滚沸腾的，是鸡。

鸡，其实是意料之中。2019年年初，政府给他免费发放了30只灵山土鸡苗，帮助他改善生活、稳定增收。电磁炉火锅里，鸡肉和瑶山酸萝卜同煮，滋味妙不可言。我写下这段文字的时候，还被馋得流口水。

"茶酒屯茶酒屯，把酒当茶三餐都有！"老猎人端出了碗，就要把酒言欢。

2018年下半年，他从茶酒屯搬到了定坡村的易地扶贫安置点，住在24平方米、一房一厅一厨卫的单人户里。他的新家，进门左侧是橱柜和厕所，右侧是客厅和房间，客厅墙上贴满了"广西脱贫攻坚精准帮扶联系卡""德保县脱贫攻坚帮扶责任人岗位监督

① 韦桂权上街卖自己养的鸡。他伸出手指说，可以卖到 400 元。① 2020-03-01

② 2020 年 3 月，韦桂权从电视新闻上得知新冠疫情爆发，国家全面禁食野生动物后，便一口气把山上所有铁夹都背了回来，这些铁夹有三十多斤重。② 2020-08-13

栏""安置点积分管理明细表""脱贫攻坚工作队公示牌"。

客厅里最显眼的，还是一个大粮仓和一台正播放着新闻的32寸电视机。2019年4月，县里执行国家科学储粮项目，给村里的贫困户都免费发了粮仓，这粮仓一次能储存1500斤粮食，直径1.2米，刚好垫作桌脚。这电视机也是国家在2019年国庆节前夕发的，全新。

电视上正播放着新闻，老猎人的注意力时不时被屏幕吸引过去。

"也喜欢看新闻？""看啊，英语的我也看，有时候看到晚上（凌晨）1点多。"

韦桂权最大的本领便是爬山、下活套、抓捕。他的手大得不合比例，据说可以像脚附吸盘的蛤蚧一样，借着转身的巧劲，在绝壁上行走。攀登绳对他来说，是讨厌的东西。

若不是他，世人恐怕不会知道，在定坡村的大石山中尚有这般秘境——过去，每隔一两个月，他便会徒步前往那个距定坡村村部5千米的地方，那里满山风化石，稍不留神，便会跌下百米深沟，至今仍是人人畏惧的禁区。正因为如此，他在山上豹跃羊攀的样子，鲜有人见过。他没有徒弟，他的绝技或将随风而逝。

"野猪，那山上是有多的，两百多斤以上有七只，一百多斤也有七只，最大的野猪能有三百多斤，獠牙很长，毛有点点黄，皮有三指厚，野猪很乖（聪明）的，兽夹都夹不到。"

"还有豪猪、果子狸、平头狸、过山风（眼镜王蛇）、竹鼠、猴子。抓蛇呢，就是用厚衣服充当手套，快快抓住蛇头，再放进尼龙袋就行了。我还发现过老虎。"

"老虎？"我们都不相信，怕听错了他的夹生普通话，一再确认。

"嗯，老虎。"

"现在还有？"

"有哦，老虎晚上就会叫，不过，也搞不过野猪。"老猎人的描述很具体，他坚信自己的判断。

我们始终不肯相信，认为那顶多是只豹猫。不过，过后查史料，发现早在20世纪60年代，距离定坡村24千米的黄连山一带曾有老虎，后被林场工人装铁锚捕获，之后销声匿迹。

"要是有人翻旧账，上了法庭我也能说两句，我就说我没吃的，要上山找吃。"

"那现在呢？"

"现在，哼！要是被拍到网上去，国家要抓你了。"韦桂权像要躲开什么似的，收起双手抱在胸前，斩钉截铁地说。

"太远了，不想抓了。"他最后说。

而我们，也听到了最想听到的一句话。

韦桂权和哥哥韦桂六的老房，是连体房。哥哥自主搬迁，两人的老房经申请许可，不用拆旧复垦。韦桂权把老房做了加固，搞养殖。他说："不养怎么'小康'？"2019-12-25

韦桂权

韦桂权脱贫档案

过去致贫原因为缺劳力。

2019年收入概况:

获得低保金3320元;

获得养老金1025.56元;

获得农业补贴38.72元;

2019年有耕地面积2.4亩，2019年7—9月收获水稻2000斤，价值约3000元（2018年10月收获水稻400斤，价值约600元）。

2019年家庭稳定人均纯收入约7384.28元。

2019年11月，经双认定，各项指标达标，脱贫。

韦桂权穿过
自家的水田，
去往山脚下
的新家。
2020-08-13

钳嘴鹳家园

定坡村最后的猎人也收回了捕兽夹，野生动物们似乎感知了这一变化。2020年年初，更类新屯不远处，飞来了新客人——成群的钳嘴鹳。

钳嘴鹳，国家二级保护动物，喜食螺肉。它们在春季插秧时来到定坡，栖息在苦楝树、木棉树上，捕食水田里泛滥的福寿螺。

早年，它们来过，但被鸟枪打伤了、打死了、赶跑了。这一回，驻村工作队极力宣传要保护野生动物，告诉大家钳嘴鹳是益鸟，以保护钳嘴鹳在这一季不被打搅。

几个月后的夏种，它们又飞来了，俨然也把定坡当成了家。随着易地扶贫搬迁政策的落实到位，一些老屯拆旧复垦，野外生态有所修复，野生动物的活动范围扩大，有时在村里，也能撞见眼镜王蛇、猕猴、豪猪……

钳嘴鹳从更类新屯旁边飞过。2020-04-15

① 2020-05-18
② 2020-05-08
③ 2020-05-25
④ 2020-05-01

①	
②	④
③	

7

帮扶法官雨夜救人

2019年7月13日深夜，大雨，一辆印着"法院"二字的白色警车，疾驰在从德保县城往定坡村的崇山峻岭间。

密集的雨箭，肆无忌惮地射向黑色的山岭。警车挡风玻璃上裂开的水花，仿佛成千上万个"叫停"的手势，警告驾驶位上的法官黄贵越：前路危险。

滑坡、塌方、道路受阻……黄贵越依然如眼前的雨刮一般利落坚定，只因他对重伤的帮扶户谭吉同的妻子阮秀昌承诺："我马上出发。"尽管，他此时本应守在老母亲的病榻前。

十余小时不眠不休，谭吉同得救了！黄贵越走出医院，已是黎明破晓。

都说法官心有天平。这座天平，称出了黄贵越心中承诺的分量、贫困乡亲的分量。

一

　　2019年7月13日傍晚时分, 山环水绕的秀丽小城德保, 被雨雾笼罩。

　　德保县人民法院的法官黄贵越, 趁着周末在家里下厨。此时, 他是儿子、丈夫、父亲。

　　"丝丝"冒气的高压锅里, 炖着软烂的排骨, 等下要给住院的82岁母亲送去。清汤已经上锅, 再炒个香喷喷的菜, 一家三口就可以坐下来吃饭了。呵, 别忘了, 还有个即将出生的小家伙呢, 会喜欢爸爸做的菜吧?

　　18时47分, 来了电话, 是定坡村怀一屯的帮扶户阮秀昌。

　　电话里的声音是焦急的: 下午1点多, 下了雨, 丈夫谭吉同着急收玉米, 从湿滑的房顶摔了下来, 左腿折了, 浑身血, 脑子也不清楚了, 两个儿子外出打工, 15岁的女儿没走过远路, 屯里往镇上的公路在修, 冲塌了走不了, 屯里每户都求了, 没人帮得了……

　　"我知道了, 现在马上出发。"

　　锅里的菜还没熟。黄贵越挂上电话, 随即致电分管扶贫的副院长闭晟毓:

　　"副院长, 如果不去, 他可能熬不过今晚。下雨, 路不好, 我想申请用单位的四驱越野车。"

　　电话的那一头, 闭晟毓是迟疑的, 半年前, 德保的山路上牺牲过扶贫干部, 孩子的满月礼竟成葬礼; 一个月前, 同市的驻村第一书记黄文秀,遭遇山洪因公殉职……他很清楚去怀一屯的路,晴天都很难开上去,何况天黑。二是,周末,派谁一起去?

"如果不行,我就开自己的车。"黄贵越等不及领导明确的答复,马上给同组帮扶人、法警杨宏全打了电话。两人话不多说,就都明白了,这是投入攻坚战斗以来形成的默契:一人要入户公干,另一人义不容辞。

黄贵越抄起钥匙走向自己的城市SUV,他吃不准它能不能胜任。

"带个水果路上吃。"孕妻的一句叮嘱,才让黄贵越记起现在是饭点。他拜托朋友给母亲送饭,然后随手拿了一个苹果、一瓶王老吉,钻进车里。

又来了个电话,是闭副院长!

"贵越,开单位的车,注意安全,一路平安!"

很快,杨宏全从院里把那辆四轮驱动、最小离地间隙22厘米的警用越野SUV开了出来,接到了黄贵越。据当时精确的通话记录,从18时47分黄贵越接到阮秀昌的电话,到19时03分两人一同驱车前往定坡村,当中只用了16分钟。

上下一心!此时,所有人直奔同一个目标:救人!

这条路,一下雨就成了河道。(黄立帅摄)
2019-06-21

二

之后的情况，黄贵越记录道：

"19时38分，联系东凌镇卫生院黄鸿军院长，请求其派医生跟随前往事发点，以便医疗技术指导。东凌镇有一部医疗车。当天水很大。"

当天水很大，能见度不足10米。这辆印着"法院"二字的白色警车，打开了车顶闪灯，在雨夜中翻山越岭。

联系过医院，黄贵越得以喘息片刻。黑暗像一张电影荧幕。他的眼前，不断出现闪回：

这条从县城往怀一屯的路，先是90千米柏油县道，弯道多，得开车两个小时。再是东凌镇到怀一屯的通屯路，得从后山绕，最后一段是砂石路，路沿着山坳走，一下雨，就成了河道，一冲就是个一米的深坑，即使是越野车，也得用石头垫着才能过。

精准扶贫系统要求帮扶人下村要定位打卡，自治区要求一年下村六次，县里要求一年十二次，但实际上他们下村的次数，比这多得多，一个月去好几次的，都有。

黄贵越于2017年7月到阮秀昌家帮扶，发现她竟有个丈夫，叫谭吉同，竟还是个黑户。这个谭吉同，见谁都不搭理，爱喝酒，醉了便骂人，人人都拿他没办法。但这有什么呢，黄贵越还是设法帮谭吉同上了户口，还自己掏钱，给谭吉同交了社保。社保在2018年12月办下来了，这回能用得上。

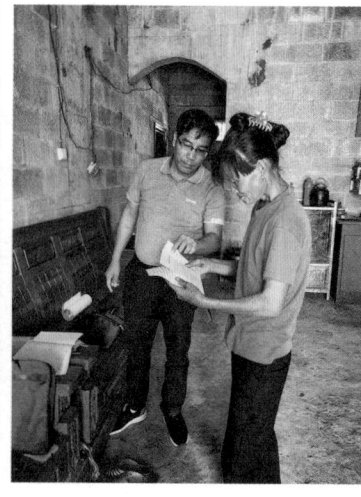

21时40分, 两人到达东凌镇卫生院。比预计的快了20分钟。

"一路倾盆大雨。东凌镇卫生院黄鸿军院长带上一名护士, 带上装备, 由另一司机开着其医院的急救车一同跟随前往事发点。其间, 我拨打县120急救中心电话, 请求派车至东凌镇卫生院。

东凌镇卫生院至怀一屯的公路新修建, 塌方、滑坡, 无法通行, 一行人员只能绕经右江区大楞乡巴平村, 从后山泥土路前往。但因泥土路路面水槽深, 救护车无法行进, 只好在半路停车, 将所有设备搬运至我院越野车后, 继续前行。"

继续前行! 从这里看, 副院长闭晟毓的决定是必要的。这是最辛苦的一段路, 短短几公里的直线距离, 开了1个小时48分钟。

时间已近凌晨, 一路都是塌方。沸水一般翻腾的山洪, 不断冲下坑坑洼洼的砂石路。汽车飘飘摇摇, 像一片随时会被卷走的残叶。

人在困境时, 总免不了触景生情。此时, 即使心有天平的法官, 也禁不住自问:"值不值得?"

想想帮扶的这几年……阮秀昌的两个儿子都外出务工了, 她常常给自己打电话, 聊些家里的事, 把他当成亲儿子一般。而自己呢, 为这个家忙前忙后的, 何尝不是把他们当父母。

想到这, 雨再大, 路再难, 好像都无足轻重了。

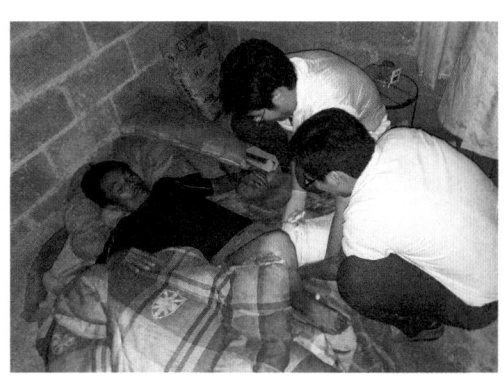

黄贵越协助医生给谭吉同包扎。（杨宏全摄）
2019-07-13

三

23时36分，到达阮秀昌家。

法警杨宏全难忘那一幕：昏暗的灯光下，谭吉同浑身血痕，头也是肿的，侧躺在一楼房间的地上，身后垫着一团厚棉被。他脸色发黑，嘴唇发白，目光呆滞，发出无法自持的痛苦呻吟。他的左大腿弯成阶梯状，有右大腿的两倍大。而他的老婆阮秀昌晕血，不敢靠前一步。

黄贵越下意识地上前，把扶谭吉同的身子，竟沾了一手血。卫生院的黄院长赶紧给他递了一副医用白手套。

此时，谭吉同已经摔伤近12个小时了，体力已经透支，神志已经模糊，任何一点轻微的触碰，都足以让他疼晕、疼醒，再疼晕，再疼醒，他绝望地呓语：

"要死了……我要死了……"

这话，只有黄贵越听得懂。怀一屯毗邻百色右江区，屯里的瑶胞听不懂普通话，只会说瑶话和一种百色右江区壮话。黄贵越到怀一屯帮扶，很快学会了后者，搭档杨宏全形容他：说得溜完！

"孬虽枉（不用慌）！我既然来了，绝对会把你送到医院，背都要背出去。"黄贵越可能忘记了，自己的晚餐，只是一个苹果。

黄院长拿出听诊器，诊出谭吉同心率还行，但车上带的夹板不够，大家赶紧用建房的模板现做了几块。

时间不等人。杨宏全记得，医护人员帮谭吉同固定好大腿后，黄贵越一个"公主抱"，把漏尿的谭吉同抱上了车，让他侧躺在越野车的副驾驶位上。阮秀昌不上车，派15岁的谭美院跟着。

"凌晨1时30分，返回到东凌镇卫生院，转至县120救护车。"
"凌晨3时29分，到达县人民医院，拍片、打石膏、办理入院。"

经检查，谭吉同脑部有出血，好在没有危及生命，断骨接上了，打了石膏。黄贵越让杨宏全先回去了，毕竟，他开了一路的车。

黄贵越默默地垫付了三千余元的急救费、门诊费，连夜给父女俩备齐了脸盆、内裤、尿盆、便盆、牙刷、牙膏、毛巾……他对这些开支一直没吱声，谭吉同则以为它们都含在住院报销里。

黄贵越太累了，具体离开医院的时间，已不想再记，只看到天边翻出了鱼肚白。

狂躁的夏雨奇迹般地收敛了，他在医院附近扫码租了一辆黄色电动车，抬头时，望见了马路对面的德保县体育馆。

黄贵越不会忘记，四个月前的3月11日，就在体育馆的脱贫摘帽誓师大会上，他和全县四千多名贫困户帮扶责任人一起，举起右手，庄严宣誓：

"我坚决贯彻中央决策，落实上级部署，自觉扛起责任，坚定必胜信念，以参与扶贫工作为荣，苦干实干，攻坚克难，勇于担当，甘于奉献，立愚公之志，下绣花功夫，做到政策宣传到位，措施精

2019 年 3 月 11 日， 在德保县体育馆的脱贫摘帽誓师大会上，全县四千多名贫困户帮扶责任人举起右手宣誓。

（赵飞云摄）2019-03-11

准到位，感情联络到位，帮扶成效到位，为实现2019年整县脱贫摘帽而奋斗到底！"

这誓言有多重？自己和同事们刚刚给出了答案。

小黄车沿着清晨的街道安静地开去，东桥桥头的卷筒粉店已是蒸汽腾腾，早起的人们各有各忙……蜿蜒的鉴河蓄足了雨水，穿城而过；秀丽的云山被雨雾笼罩，如梦似幻。夏已入伏，德保这座山水小城，却还能有24摄氏度的凉爽……

呵，疾风骤雨过去了，回家了，真好！

四

亲爱的朋友们，我的故事还远没有讲完。

上午7点多，谭美院给黄贵越打来电话，说自己拿着黄大哥给的钱，却不知道怎么买早餐。挂断电话，才回家一个小时的黄贵越，把孩子送去兴趣班后，又去了医院。路上，他专门给父女俩买了一套睡衣、两套便服，给没到过县城的谭美院买了好吃的卷筒粉。

17天后，谭吉同出了院，回家养伤。没多久，他擅自拆了石膏，腿没能完全好。黄贵越后来再去看他时，他已经能下地干活了，但落下了长短腿的毛病，黄贵越便再帮他申领了四级残疾证。同年年底，谭吉同家成功脱贫出列，东凌镇往怀一屯的水泥路也修好了。

这还是那个见谁都不搭理的谭吉同吗——

这瑶山上的糙汉子，自始至终都不好意思说出那句"谢谢"。但从那以后，他见黄法官来了，即使只有一个木瓜，也舍得往他的车上塞；即使黄法官说不吃饭，也要给他盛上一碗。

黄法官的好，谭吉同是知道的。

"小事呢，小事呢。"黄贵越一再说。

雨夜冒险救人都算是小事？真谦虚！但转念一想，他说的就是事实：

2017年7月，德保县人民法院派出64名干警，结对帮扶定坡村60.4%的贫困户，共956人，协助贫困户办理雨露计划60多人次；代

黄贵越探望休养中的谭吉同。2019-09-13

为缴纳贫困户新农合20多人；协助贫困户申请危房改造15户；协助办理各项医疗报销、低保、高龄补贴、产业奖补、残疾补助以及生活困难政策补助达200多人次。2018年年底，配合完成81户贫困户脱贫出列，2019年年底，配合完成134户贫困户脱贫出列……

2019年盛夏，定坡村更类新屯里，患病初愈的黄志强说，最感谢帮扶人带他去了医院，我一查，他的帮扶人是县法院的谢皓婷；2019年的寒冬，定坡村定坡屯孤寡老人兰氏小笑吟吟地，原来，帮扶人给她拉来了越冬的柴火，帮扶人是谁呢？是县法院的梁秀宝；2020年初春，封村抗疫，定坡村卫东上屯养蜂人谭品源的蜂蜜滞销了，是帮扶人自己掏钱，替他解决了销路，帮扶人又是谁呢？正是给黄贵越派车救人、替黄贵越担心了整夜的副院长——闭晟毓。

2015年，定坡村有457户贫困户，其中德保县人民法院帮扶246户、黄连山林场帮扶31户、东凌镇初级中学帮扶65户、定坡小学及镇中心学校帮扶35户、定坡村干帮扶48户、政府（自治区人大、县人大、县住建局、东凌镇政府）帮扶32户。

这样的故事太多太多。

什么是帮扶人？在脱贫攻坚的主战场上，他们与驻村扶贫工作队并肩作战，他们是第一书记的亲密战友，他们的照片和手机号码，总是显眼地挂在贫困户家的墙上，守护着贫困乡亲的幸福。他们传递党的政策，代办大事小情，亲爱的朋友们，你们从乡亲们的笑脸和赞许中，就能感知他们的存在。

他们，是脱贫攻坚的尖兵，更是贫困乡亲的亲人！

来自黄连山上的帮扶人

黄连山，德保县最高山，主峰海拔1616米。

与主峰遥遥相望、海拔1560米的卫峰之巅，有一座瞭望台，塔上有黄连山林场的三位瞭望员：1964年生的李世抗、岑方进，1968年生的蒙金成。他们的工作任务，是排查黄连山1.46万公顷水源涵养林的火灾隐患。

在瞭望台上，可以看到20千米之外的定坡村的峰丛。2017年起，这三位两鬓有些花白的瞭望员，总会带上头盔，骑上摩托车，化身铁骑骑士，绕着盘亘的山岭，花上一个多小时，下降到海拔458米的定坡村新村部。

因为他们是定坡村的帮扶人。山高林密，瞭望员们患有不同程度的风湿，他们比自己帮扶的贫困户年纪都大，得向年轻人学习在手机上操作精准扶贫系统。

在定坡村，有许多像他们一样的帮扶人，他们做的事看似平凡，却正是乡亲们真切的幸福。

岑方进（左）和李世抗在山顶的瞭望台上。① 2020-10-03
巡山路上。② 2020-10-03
岑方进（前）和李世抗在海拔1560米的瞭望架上观察火情。③ 2020-10-03
岑方进帮着帮扶户韦桂德剥玉米。2019年年底，韦桂德的女婿意外跌进高温茴油锅，双脚烫伤，手机也坏了，岑方进联系不上一家人，每次都需要骑摩托车来回三个小时到韦桂德家发通知、办事。④ 2020-10-04
李世抗和帮扶户黄玉和。2019年9月，李世抗和驻村工作队一起，成功说服犹豫了一年多的黄玉和从百布屯的篷居搬到了安置点，新家的电视、沙发、床铺、煤气灶，都是国家发的。黄玉和说："搬进来就知道了，大家是真关心我。"⑤ 2020-10-04
瞭望员们的直接领导、黄连山林区那塘保护站的站长杨德召和帮扶户、村里的老猎人韦桂权。他动员老猎人搬出危房也要"斗智斗勇"。⑥ 2020-10-04

```
①  ④
②  ③  ⑤
    ⑥
```

8

谢谢你救了我的娃娃

"有个娃娃被噎着了，人都快没了，幸亏第一书记啊，救过来了。"在定坡村，这个消息传开了。

有人捏了一把汗："书记，你可真敢啊，万一救不活……"

"我接单了，肯定有把握的嘛。"

其实，这个世界上哪有百分百把握的事情，只有"以百姓之心为心"的勇气和担当。

我和 9 个月大的谭月深。2019-01-06

2018年12月14日,定坡村林火新屯接通了生活用电。晚上,全屯人在新邻居的二层新房里,大摆全羊火锅宴。

阮献雷抱着8个月的儿子,坐在大家的中间。

"大人都吃了,孩子不吃可不行。"

"照老人说,吃一点吧。"

阮献雷有点迟疑,怀里的孩子自打出娘胎,还没上过大人的饭桌。她还是择了点小拇指头大的猪脚肉,放进了孩子肉嘟嘟的小嘴巴里。

小嘴巴好像还嫌不够,歪着脖子找吃。

阮献雷没多想,背过身喂奶。可没喂几口,孩子的小身板开始发抖,小圆脸发黑。

"我小孩怎么这样?怎么办?怎么办?"阮献雷惊叫。

"送卫生院!送卫生院!"

"来不及,来不及。"

"先抱走吧,这里是人家的新房……万一……不好。"有个声音说。

阮献雷不得不起身。怀里的小身板不动了。

天真冷,小身板真凉。

"给我,(把孩子)拿过来!"有个洪亮的声音盖过一切。是村里的第一书记。他一把抱过孩子,问大人:"他吃过东西没有?"

没有人能回答。阮献雷吓傻了。

由不得多想，第一书记把孩子头朝下俯抱，一只手拍他的后背，一只手伸进他的喉咙，压住他的舌根。

没有人敢拿起手机，怕拍到不想看到的一幕。

没有人敢发出声响，怕惊扰了命悬一线的时机。

只听见火锅汩汩的沸腾声。

汩汩……汩汩……

十分钟过去了，小身板冒出豆大的汗珠，打在地上裂开了花。

汩汩……汩汩……

二十分钟过去了，两颗小门牙咬得手疼，口水滴啊滴。

"给我看好，看有没有东西掉出来！"冷不丁，真有一块肉掉在地上。

小身板挣了挣。

第一书记顺势把小身板头朝上抱起来，凑到跟前看。

嘿，小圆脸看到大方脸，眼睛眨巴眨巴，吟吟笑。大方脸长舒一口气，在小圆脸上深深地嘬了一大口。

阮献雷终于缓过神，跌跪在地上："书记，谢谢你！"

有人插嘴："书记，你可真敢啊，万一救不活……"

"我接单了，肯定有把握的嘛。"

其实，这个世界上哪有百分百把握的事情，只有"以百姓之心为心"的勇气和担当。

那天去林火新屯，两岁的谭月深好像认得我似的，远远看见我就笑，立存此照。
2020-03-29

9 定坡防疫战争

2020年伊始，新冠肺炎来势汹汹，举国上下按下了暂停键。1月23日，"九省通衢"武汉封城，5天后，1450千米之外的西南边陲，定坡封村。

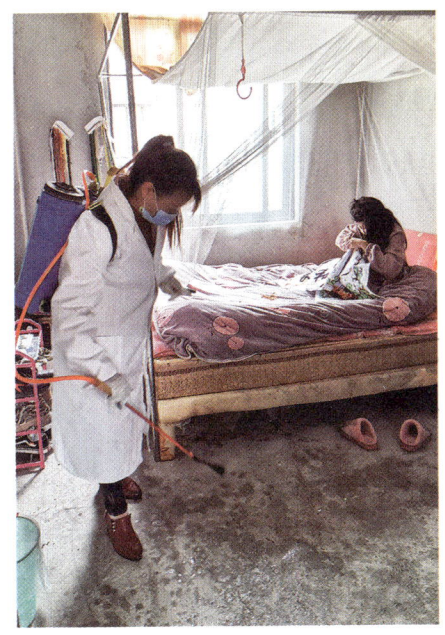

村医卢桂泉的妻子阮秀娥（左一）帮着给隔离人员的住所消毒。2020-02-16

定坡封村的第一天，还是正月初四，长假尚未结束，原本农村都要走亲访友、喝酒聚会，这会儿都不能了。东凌全镇的口罩脱销，镇政府给村里发了一些，但屯长才能分到一个，因为他们需要下屯宣传、调查，算是高风险人群。村里开始有人用白纱布自己缝口罩。插句后话，3月初，定坡村脱贫攻坚后援单位——广西壮族自治区人大常委会办公厅给村里送来了两千个口罩，分发给村里的孩子、老人。

村干部和党员很快分成11个组，实行包片负责制，一个党员一个岗，严防外人入内；大家的手机上不断地跳出市里、县里、镇里下发的文件：《关于组建疫情联防联控流动巡逻队的紧急通知》《农村"十严格"措施督查记录表》《定坡村各屯开展疫情防控工作责任分工表》……镇上、村里的广播，循环播放瑶话、壮话、普通话版"新冠肺炎疫情防护注意事项"；公家车、私家车都动员了起来，挂上宣传横幅，走村串户。

在那段时间里，56岁的村支书颜庭财精神紧绷。比如，大年初九这天，更类新屯有老人过寿，聚了差不多10个人，包片的党员中午听到鞭炮响，便给他来了电话，他得赶去支援，把人劝散了。当天在另外一个片区，有一户新居封顶，杀了羊，正要开吃呢，他闻讯后，赶去劝解。好在大家都能理解支书，羊肉也没吃，也散了。

在外干屯，有母子三人从湖北返乡，他们居家隔离期间，每天都有村医上门量体温、量血压。村民梁忠武的二儿子、二儿媳从临县返家，也被隔离，他和老伴便带着孙女回到了更类屯老房，在深山躲避疫情。茶酒屯老猎人韦桂权从电视里得知，国家全面禁止食用野生动物后，他便一口气把野外的20多个铁夹背回了家。

疫情爆发至今，定坡村未出现一例新冠肺炎病例，平稳地完成了抗击新冠肺炎的任务。从通衢到边陲，从城市到乡村，从上层到基层……新冠肺炎狙击战和脱贫攻坚战一样，都展现出了我们国家令世界都刮目相看的领导力和执行力。

村民谭绍军（左一）的孙子们在家学习语文。2020-02-28

封村

① 自治区人大常委会办公厅二级巡视员、机关扶贫领导小组办公室主任韦强忠（前）带领村防疫
② ④ 小分队入户宣传。① 2020-03-10
③ 定坡村村口，镇、村干部及村医对过往人员登记检查。② 2020-02-08
有群众回山里躲疫情，村干谭惠琴（左一）、挂村镇干部陈善松上山宣传防疫。③ 2020-02-28
疫情期间，常年在外务工的更类屯阮耀云(左一)无法外出，和妻子兰小平(左二)，儿子阮家龙(左三）、阮家富（左四）一家四口在稻田筑蓄水坝备耕。④ 2020-02-05

陇乔屯老党员覃仕益义务在路口造林。 2020-02-10

2014年定坡村有建档立卡贫困户400余户。

其中，2014年退出11户45人；

2015年退出37户153人；

2018年脱贫出列132户573人；

2019年脱贫出列226户915人；

2020年脱贫出列51户134人。

2020年底经过双认定，

定坡村完全实现一超过、两不愁、

三保障的脱贫目标。